École Jean Leman
4 ave Champagne
Candiac, Qué.
J5R 4W3

Louise **Portal** • Philippe **Béha**

Ulysse et Pénélope

HURTUBISE
HMH

Catalogage avant publication de Bibliothèque et Archives nationales du Québec
et Bibliothèque et Archives Canada

Portal, Louise
Ulysse et Pénélope
Pour enfants de 4 ans et plus.
ISBN 978-2-89647-118-8
I. Béha, Philippe. II. Titre.
PS8581.O745U49 2008   jC843'.54   C2008-940478-5
PS9581.O745U49 2008

Les Éditions Hurtubise HMH bénéficient du soutien financier
des institutions suivantes pour leurs activités d'édition:

- Conseil des Arts du Canada;
- Gouvernement du Canada par l'entremise du Programme d'aide
  au développement de l'industrie de l'édition (PADIÉ);
- Société de développement des entreprises culturelles au Québec (SODEC);
- Gouvernement du Québec par l'entremise du programme de crédit d'impôt
  pour l'édition de livres.

Conception graphique : David Design
Illustrations : Philippe Béha

Distribution en France
Librairie du Québec/DNM
www.librairieduquebec.fr

Dépôt légal/3e trimestre 2008
Bibliothèque et Archives nationales du Québec
Bibliothèque et Archives du Canada

Imprimé en Chine

À la petite famille de la
falaise de Cap-au-Renard.
LOUISE PORTAL

À Denise, Sara et Fanny.
PHILIPPE BÉHA

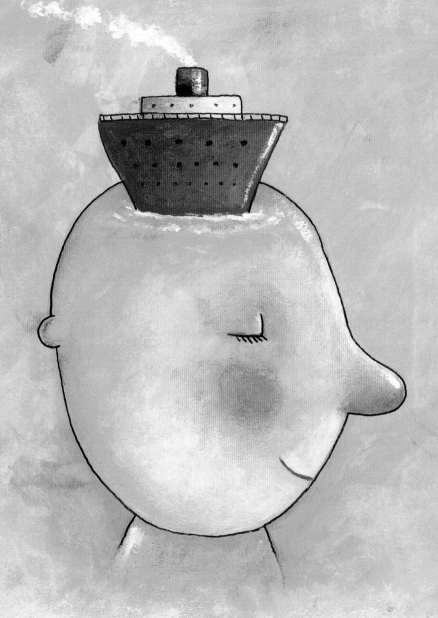

Il était une fois... un petit garçon rêveur qui s'appelait **Ulysse**.

Il vivait
dans une maison
haut perchée
sur la falaise et,
de sa chambre,
il voyait la mer.
Des bateaux
à « coq » rouge
dansaient à l'horizon
sur les flots bleus.

Et Ulysse rêvait...
— Un jour,
j'embarquerai sur un bateau
et je prendrai la mer !

Chaque matin, **Méduse**, sa maman, l'emmenait faire une promenade sur la grève. Elle était médusée devant les trésors que les vagues apportaient dans leur **ressac**. Elle traînait toujours avec elle un grand **sac** qu'elle remplissait des nombreuses trouvailles échouées sur le sable et les galets.

Coquillages

Étoiles de mer

Bouts de bois

Morceaux de verre

Bleu **Blanc** Rouge Vert

Maman Méduse utilisait tous ces trésors pour créer
de jolies lampes et des colliers de toutes les couleurs.

Ulysse la suivait pas à pas, un baluchon au bout d'un bâton.
Il disait que si un jour un bateau l'embarquait, il aurait avec lui
son pyjama et son ourson.
Maman **Méduse** était étonnée du grand rêve de son petit Ulysse.

Pourtant, c'était elle qui lui avait donné le nom d'Ulysse, en souvenir
de ce héros de la mythologie.
Dans le grand livre du monde, la mythologie est l'histoire fabuleuse
des dieux et des héros.

Du **ciel**   De la **mer**

De la terre   Du **tonnerre**   Du vent   Du feu...

— De la neige aussi ? demandait Ulysse.
— De tout ce qui existe et qui peut nous inspirer une histoire,
lui répondait sa maman.
— Alors, raconte-moi l'histoire de mon nom.
Et la maman raconta...

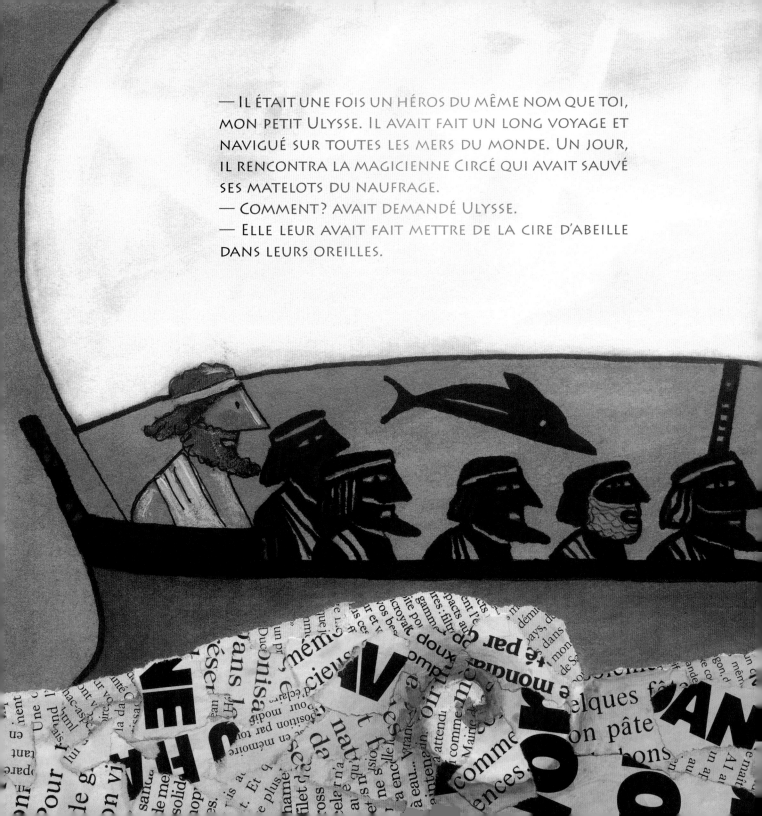

— Il était une fois un héros du même nom que toi, mon petit Ulysse. Il avait fait un long voyage et navigué sur toutes les mers du monde. Un jour, il rencontra la magicienne Circé qui avait sauvé ses matelots du naufrage.
— Comment? avait demandé Ulysse.
— Elle leur avait fait mettre de la cire d'abeille dans leurs oreilles.

— MAIS LES ABEILLES, ELLES FABRIQUENT DU… MIEL !
— OUI, ULYSSE, MAIS LE MIEL DORT DANS LA CIRE
QUE FABRIQUENT LES ABEILLES.
— AH ! ET POURQUOI DE LA CIRE D'ABEILLE DANS
LES OREILLES ?
— POUR QUE LES MATELOTS NE SE LAISSENT
PAS CHANTER LA POMME PAR LES SIRÈNES.

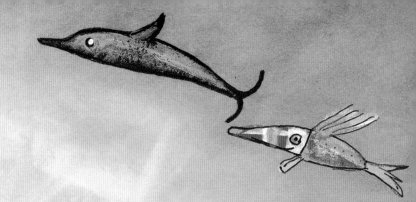

NOTRE HÉROS ULYSSE AVAIT AUSSI CROISÉ LA NYMPHE CALYPSO.

— QU'EST-CE QU'UNE NYMPHE, MAMAN?
— C'EST UNE JOLIE JEUNE FILLE QUI HABITE LA FORÊT.
— POURQUOI ELLE S'APPELLE CALYPSO?
— PARCE QU'ELLE DANSE LE CALYPSO, UNE DANSE DES ÎLES.
— ET PUIS APRÈS? AVAIT DEMANDÉ ULYSSE, CURIEUX DE CONNAÎTRE
LA SUITE.
— EH BIEN! ULYSSE, NOTRE HÉROS, APRÈS UN TRÈS LONG VOYAGE SUR LES
MERS, AVAIT FINI PAR RETROUVER SA BIEN-AIMÉE PÉNÉLOPE. C'ÉTAIT UNE
BELLE PRINCESSE AUX CHEVEUX BLEUS ET AUX YEUX RIEURS. QUAND ELLE
CHANTAIT, DES POISSONS MULTICOLORES SORTAIENT DE SA BOUCHE. ET,
QUAND ELLE RIAIT, DES OISEAUX FABULEUX VENAIENT SE PERCHER SUR
SES JOLIS BRAS DORÉS.

À partir de ce jour, le rêve de notre petit Ulysse ne fit que grandir...
grandir...
Chaque jour, il comptait les bateaux qui défilaient sur la mer.
— 1 2 3 4 5 6 7 8 bateaux sont passés aujourd'hui !
s'écriait Ulysse.

Ainsi, il apprit à compter.

Un matin, alors qu'il marchait sur la grève, il trouva une jolie bouteille transparente avec un papier à l'intérieur.

— Méduse ! **Méduse** ! Regarde ! cria-t-il en courant vers sa maman.

Ils prirent tous deux place sur une échouerie, un tronc d'arbre échoué sur le rivage.

Délicatement, pour ne pas l'abîmer, Méduse enleva le bouchon
fixé avec de la cire.

— Maman, est-ce que c'est de la cire d'abeille ? demanda Ulysse,
les yeux tout ronds.

— Oui, mon petit bonhomme, et regarde ce qu'il y a dedans...
Elle retira de la bouteille un **papier parchemin**, qui avait voyagé
par plusieurs chemins pour arriver jusqu'à eux, et lut la lettre
à Ulysse.

Bonjour à celui ou à celle qui trouvera cette lettre,
je l'ai mise dans une bouteille et jetée à la mer dans
l'espoir de trouver un ami ou une amie.
J'habite dans un pays lointain

De soleil   De poissons multicolores   D'oiseaux fabuleux

Écris-moi où que tu sois dans le monde !
Je m'appelle Pénélope.

Cette nuit-là, Ulysse eut de la peine à s'endormir.
Il imaginait Pénélope dans son pays de soleil avec les
poissons et les oiseaux. Il la voyait même danser le calypso.
Il rêva qu'il prenait la mer pour la rejoindre. Il rencontra des
sirènes qui lui chantaient la pomme et des abeilles enrobées
de miel qui dormaient dans ses oreilles.
Au matin, il s'éveilla tout content.

Au bout d'un certain temps, **Maman Méduse** s'inquiéta de voir
son petit Ulysse rêver et ne plus manger.
Même le gâteau de miel et de cerises n'était plus pour lui une
surprise à déguster !

Elle lui proposa d'écrire une lettre à Pénélope, de la glisser dans une bouteille et de la jeter à la mer. Les vagues l'emporteraient au pays de sa nouvelle amie.
Emballé par cette idée, Ulysse demanda à **Méduse** d'aller chercher une bouteille et du papier. Puis, ensemble, ils écrivirent cette lettre.

Bonjour Pénélope,
Je ne peux pas aller te voir.
Je commence l'école
à la fin de l'été.
J'apprendrai à écrire.
Comme ça,
on pourra continuer
de correspondre
si tu veux bien.
Ton nouvel ami, Ulysse

Le cœur heureux, notre petit bonhomme attendit de devenir grand.

Après être allé à l'école très longtemps, notre petit Ulysse devint un écribien.
Car il avait appris à **bien écrire** et aussi à lire.
Il composait toutes sortes d'histoires pour le plus grand bonheur des enfants du monde.

Et sais-tu **quoi ?**

Un jour, il fit un long voyage très,
très loin
Dans un pays
De soleil
De poissons multicolores
D'oiseaux fabuleux
Et il rencontra une écribienne qui
avait appris à **bien écrire** elle aussi.

Elle était très jolie
et s'appelait **Pénélope**…
Elle avait des cheveux bleus et des yeux rieurs.

Eh oui ! C'était la **Pénélope**
dont il avait découvert la lettre dans une bouteille !

Ulysse et Pénélope étaient si heureux de se retrouver qu'ils décidèrent d'écrire ensemble des histoires pour les enfants du monde entier.

À **toi** maintenant d'écrire une lettre
que tu glisseras dans une bouteille !